# HANA

*Retrouvez toutes nos éditions manga BL :*

**www.boys-loves.fr**

*Nos sorties digitales BL :*

**www.hana-book.fr**

# Au plus profond de toi



HANA

www.boys-loves.fr

Traduit du japonais par Angélique Mariet
Maquette : Tiffani Gauthier
Assistante Edition : Meava Paino
Responsable Editorial & Artistique : Tony Mr P

Dépot légal : Octobre 2021
ISBN 978-2-38276-048-2
ISSN 2743-4435

Imprimé par GZ Digital Media as

SMOUTCH
EN FAIT...
...!
J'AIMERAIS BIEN LE REFAIRE.
TU VEUX BIEN ?
AVEC PLAISIR...
Au plus profond de toi - BONUS /FIN

MOI AUSSI...
ROUGIT
GRAB
OUAH !
HÉ HÉ
ISSHIN ?
FROTTE

TU T'EN RAPPELLES ?
OUI.
QU'EST-CE QUE TU VOULAIS DIRE PAR « MOI AUSSI » ?
MOI AUSSI...
ROUGIT
JE PENSE QUE JE CONTINUERAI DE T'AIMER PENDANT DE TRÈS LONGUES ANNÉES.
C'EST...
C'EST CE QUE JE VOULAIS TE DIRE.
D'AC-CORD.

PAF
AAH...
HAA
PAF
MMHH
MASUMI...
PAF
OOH...
SLURP
TREMBLE
MASUMI...
OUI...
HAA...
HAAAN !
TREMBLE
TREMBLE
SPLASH
ET DONC...
QU'EST-CE QUE TU VOULAIS ME DIRE ?

OUI...
....
Haa...
PAF
H-HAAA !
SURSAUT
SPLASH
PAF
AAH,
HAAN...
PAF
SPLASH
HAN,
PAF
PAF
ISSHIN...
SPLASH
SPLASH
Ah
SPLASH
T'ES SI PROFOND...
HAN...
PAF
PAF

ON CONTINUE ?
SPLASH
AHH...
NN...
NNGH...
TREMBLE
....!
Haa...
MASUMI,
TU PENSES POUVOIR BOUGER ?

AAAH !!
HEIN ?!
GRAB
TU AS TOUT AVALÉ ?!
JE T'AI DIT QUE TU N'ÉTAIS PAS OBLIGÉ DE LE FAIRE !
ON N'EST PAS DANS UN PORNO !
M-MAIS...
JE N'ARRIVE PAS À RECRACHER CE QUI T'APPARTIENT...
OUAH
MASUMI... ?
OUI...

NNNNNNH!!!!
TREMBLE
Ha...
Haa...
FUIP
IDIOT.
Haa...
JE T'AI DIT D'ATTENDRE...
PAR-DON...
JE ME SUIS EMPORTÉ.
J'AI RÉUSSI À TE FAIRE DU BIEN ?
OUI... C'ÉTAIT BON.
TU T'AMÉLIORES VITE.

SMACK
SMACK
SMOUTCH
FRISSON
SLURP
AH !
TREMBLE
SLURP
HA...
SLORP
HAN !
Ah
SLURP
ARR-
ARRÊTE...
SLURP
SLORP
NON...
SLURP
NATSUME...
SLURP
NON...
ARRÊTE...
GOBE

SLURP
SLURP
HA...
HAAAN...
SLURP
MMH...
SLURP
MORDILLE
FRISSON
AAAH...
SLURP
SLURP
HNN...
HAA
CRIIIC
AH !
FRISSON
CRIIIC
GNH !
TREMBLE
MMH
FWIP
PLOC

TU ES EN COLÈRE ?
PAS DU TOUT,
NON.
SMACK
JE T'AIME...
GRAB
NNGH...
HA !
MMH...
FWOSH

C'EST VRAI...
DÉSOLÉ.
PARDONNE-MOI
SMOUTCH
....
TU L'AS FAIT EXPRÈS ?
OUI ❤.

ARRÊTE DE PARLER POUR RIEN DIRE...
JE TE COMPLIMENTE JUSTE.
C'ÉTAIT LA MÊME CHOSE QUAND TU AS COMMENCÉ À TRAVAILLER CHEZ NOUS,
TU APPRENAIS SI RAPIDEMENT QUE TU N'AVAIS PAS BESOIN DE FORMATION.
SHIZIMU M'A MÊME DIT
« IL EST PARFAIT, IL EN DE-VIENDRAIT PRESQUE ENNUY... »
CHUT.
ON N'EST PAS LÀ POUR PARLER D'AUTRES GENS.

CRIIIC
MMH...
FUIP
HAA...
....
SNAP
SNAP
SWIP
TU COMMENCES À ÊTRE DOUÉ POUR ME DÉSHABILLER...
AVANT, TES MAINS TREMBLAIENT ET TU N'ARRIVAIS MÊME PAS À ME RETIRER UN BOUTON.

ON EST AU TRAVAIL, DONC JE PRÉFÈRE ME TAIRE.
QUOOOI ?
C'EST QUOI ÇA ?
DEPUIS QUAND TU AGIS COMME ÇA, ISSHIN ?
ARRÊTE DE DIRE CE GENRE DE CHOSES !
Tu parles fort en plus !
GRRR
....
C'EST PAS GRAVE,
TU VIENS À LA MAISON CE SOIR, NON ?
JE M'OCCUPERAI DE TOI À CE MOMENT-LÀ.

TU SAIS...
ÇA FAIT PRESQUE VINGT ANS QUE MA MÈRE EST MORTE,
MAIS ÇA ME REND HEUREUX DE SAVOIR QU'IL L'AIME TOUJOURS AUTANT.
JE COMPRENDS...
PARCE QUE MOI AUSSI...
« MOI AUSSI ? »
....
....

BAH...
C'ÉTAIT TRÈS SILENCIEUX.
......
......
......
JE N'AI PAS CROISÉ LE REGARD DE MON PÈRE UNE SEULE FOIS.
Comme ça !
IL REGARDAIT DROIT DEVANT LUI QUAND IL PARLAIT !
JE VOIS...
SOI-DISANT QUE JE RESSEMBLE TELLEMENT À MA MÈRE QUE ME PARLER LE REND TRISTE.
FWIP
FWIP
ON SE RES-SEMBLE, NON ?
Mon père me l'a donnée hier.

HMM...
JE VOIS,
HU HU.
....
DONC,
EUH...
AU FAIT,
TU AS MANGÉ AVEC TA FAMILLE HIER, NON ?
OUI !
COMMENT ÇA S'EST PASSÉ ?

MAIS...
C'EST VRAI QUE J'AI L'IMPRESSION D'ÊTRE PLUS APPRÉCIÉ QU'AVANT.
POURQUOI ?
C'EST GRÂCE À TOI.
EN VOYANT TON ÉVOLUTION,
JE ME SUIS DIT QUE JE DEVAIS FAIRE DES EFFORTS MOI AUSSI.
J'AI PENSÉ ME RAPPROCHER DES AUTRES...
JE NE SAIS TOUJOURS PAS QUOI FAIRE POUR QUE ÇA SE PASSE BIEN,
ALORS J'AGIS AVEC LES AUTRES COMME S'ILS ÉTAIENT TOI.

QU'EST-CE QUE TU LUI DISAIS ?
HEIN ?
C'EST UN SECRET !
C'EST BIEN, TU T'ES FAIT APPRÉCIER DE TES COLLÈGUES !
ELLE VOULAIT JUSTE ÊTRE GENTILLE.
TU ES SUPER FROID…
Tu n'es pas content ?
Ça ne me fait rien.
AH BON ?

NE TOMBE PAS AMOUREUSE DE LUI...
Q-QUOI ?
?
Ils sont proches
SOURIT
D'ACCORD ?
D'A.... D'ACCORD.
BON, À PLUS TARD ALORS !

....
OH,
AU FAIT...
TU AS CHANGÉ AUSSI, NATSUME.
TU ES DEVENU PLUS... DOUX ?
AH BON ?
JE T'AIMAIS BIEN AVANT,
MAIS JE TE PRÉFÈRE MAINTENANT !
OH... MERCI BEAUCOUP.
AH.
BON, MOI J'Y VAIS !
TAKEUCHI ?
OUI ?
FWOOSH

QU'EST-CE QUE TU FAIS ?
TU DRAGUES ?
PAS DU TOUT...
ELLE M'AIDAIT À RAMASSER LES DOCUMENTS QUE J'AI FAIT TOMBER.
JE DÉCONNE !
YÛKI ?!
C'EST MOI !
J'AI ENTENDU DIRE QUE TU T'ÉTAIS TEINT LES CHEVEUX...
JE NE T'AVAIS PAS DU TOUT RECONNU !
Ah ah ah
ON ME LE DIT SOUVENT !
Comme je ne viens pas souvent ici
Tu veux toucher ?
LE BLOND T'ALLAIT BIEN MAIS LES CHEVEUX NOIRS AUSSI !
TU LES AS COUPÉS ?
OUI !
JE VEUX BIEN.

ÇA VA ?
OH.
OUI, DÉSOLÉ...
TIENS, VOILÀ !
JE CROIS QUE C'EST TOUT ?
OUI.
MERCI BEAUCOUP.
NATSUME !

## BONUS

MERCI DU FOND DU CŒUR
DE M'AVOIR TROUVÉ.
EUH...
NATSUME ?
SURSAUT
SERRE
Moi aussi.
Je suis plus qu'heureux
Qu'on se soit trouvés à ce moment-là.
Au plus profond de toi - FIN

HU HU,
DÉSOLÉ DE TE DÉRANGER !
....
ÇA...
ÇA S'EST BIEN PASSÉ ?
OUI !
J'EN SERAIS PRESQUE DÉÇU !
OUF
JE SUIS RASSURÉ...
GLUPS
ON NE VA PAS RESTER DANS L'ENTRÉE TOUTE LA SOIRÉE,
ALLONS DANS LE SALON.

OUI,
PAPA.
DING DOOONG
TAP
TAP
SHKACK
MASU...
MI ?!
CLAC !
MMH...
NGH...
HAA

JE VOIS...
CLAC
....
MASUMI.
!
ENLÈVE-MOI CETTE TEINTURE RIDICULE.
ON DIRAIT UN COLLÉGIEN ET CE N'EST PAS BON POUR LE BUSINESS.
N'OUBLIE PAS QUE TU REPRÉSENTES L'IMAGE DE L'ENTREPRISE.

JE SUIS VRAIMENT HEUREUX D'AP-PRENDRE
QUE MAMAN NE ME DÉTESTAIT PAS, FINALEMENT.
結城
CLAC
J'AI DIT QUELQUE CHOSE DE MAL ?
HEIN ?
NON.
MAIS CE SOIR
JE DOIS ALLER QUELQUE PART.

JE N'AI FAIT QUE M'ÉLOIGNER DE TOI,
POUR NE JAMAIS AVOIR À TE FAIRE FACE.
JE SUIS VRAIMENT DÉSOLÉ.
POUR TOUT TE DIRE...
C'EST TELLEMENT DIFFÉRENT DE CE À QUOI JE M'ATTENDAIS QUE JE NE SAIS PAS COMMENT RÉAGIR À ÇA...
MAIS POUR LE MOMENT...
JE SUIS JUSTE HEUREUX QU'ON AIT PU DISCUTER ENSEMBLE À COEUR OUVERT.
ET PUIS...

GRÂCE À ÇA, J'AI RÉUSSI À GARDER MON ÉQUILIBRE.
QUEL PÈRE INDIGNE...
JE ME SUIS PLONGÉ DANS LE TRAVAIL SANS RÉFLÉCHIR,
AFIN DE M'ÉLOIGNER DE TOI.
COMME POUR FUIR CETTE CULPABILITÉ, JE VIVAIS COMME SI TU N'EXISTAIS PAS.
JE PENSAIS QUE TU NE M'EN VOUDRAIS PAS TANT QUE JE TE LAISSAIS FAIRE CE QUE TU VOULAIS.
MOI, JE...
J'AURAIS VOULU QUE TU ME COMPLIMENTES QUAND JE FAISAIS QUELQUE CHOSE DE BIEN.
ET QUE TU ME REPRENNES SI JE FAISAIS QUELQUE CHOSE DE MAL.
JE COMPRENDS...

TU ES NÉ SANS AUCUN PROBLÈME,
MAIS TA MÈRE FAIBLISSAIT À VUE D'ŒIL.
ET PUIS...
LORS DE TON DEUXIÈME ANNIVERSAIRE,
ELLE EST MORTE.
JE M'EN SUIS VOULU DE NE PAS AVOIR RÉUSSI À LA CONVAINCRE DE NE PAS TOMBER ENCEINTE.
MAIS...
JE N'AI PAS PU SUPPORTER CE SENTIMENT DE CULPABILITÉ,
ET JE ME SUIS MIS À T'EN VOULOIR À TOI.

....
C'EST CE QUE JE CROYAIS,
MAIS TA MÈRE N'ÉTAIT PAS COMME ÇA.
Pourquoi tu es si heureuse,
Alors que ce n'est pas une fille ?
Pourquoi...
Parce que c'est notre enfant !
Alors peu importe que ce soit un garçon ou une fille, je le chérirai autant.

TA MÈRE, MAKI, A TOUJOURS EU DES SOUCIS DE SANTÉ,
C'EST UN MIRACLE QU'ELLE AIT PU DONNER NAISSANCE À MASATO SANS PROBLÈME.
MAIS...
QUAND IL A EU CINQ ANS, ELLE A SOUDAINEMENT VOULU UN DEUXIÈME ENFANT.
J'AI ÉVIDEMMENT REFUSÉ.
J'AVAIS PEUR QUE ÇA NE SE PASSE PAS AUSSI BIEN CETTE FOIS.
MALGRÉ ÇA...
MAKI, ELLE,
INSISTAIT QU'ELLE VOULAIT UNE FILLE.
MAIS...
ELLE FUT DÉÇUE QUE JE SOIS UN GARÇON.

AH...
....
JE VEUX SAVOIR
CE QUE
TU PENSES DE MOI.
....
EN TOUTE FRANCHISE,
JE REGRETTE BEAUCOUP DE CHOSES.
HEIN ? ...
JE VAIS TE RACONTER UNE HISTOIRE QUI REMONTE À LOIN.

...!
OUI !
VROOOM
....
QU'EST-CE QUE TU VEUX ?
QUOI ?
TU VOULAIS ME DIRE QUELQUE CHOSE.
NE ME FAIS PAS PERDRE MON TEMPS.

JUSTE CINQ MINUTES.
J'AIMERAIS BIEN DISCUTER AVEC...
ス ッ
WOOSH
Je le savais...
Ça ne sera pas si simple.
MONTE.
HEIN... ?

Je t'attendrai !
OUF
HÉ HÉ
OUAIS...
Ça va aller.
EST-CE QUE TU POURRAIS...
M'ACCORDER QUELQUES MINUTES ?

CHOC...
BONNE JOURNÉE ?
TSH
OUI.
OUAH...
IL EST SI FROID.
QU'EST-CE QUE JE DOIS FAIRE...
J'AI ENVIE DE PARTIR.

D'ACCORD...
MERCI !
JE SUIS SÛR QUE TU VAS POIREAUTER SANS RIEN FAIRE D'AUTRE.
ASSIS EN TAILLEUR.
J-JE NE VOIS PAS DE QUOI TU PARLES.
....
DANS LE MILLE...
OUI,
TRÈS BIEN.
JE VÉRIFIERAI DEMAIN.

MALGRÉ ÇA...
J'AI QUAND MÊME UNE DEMANDE À TE FAIRE.
JE NE SAIS PAS À QUELLE HEURE ÇA SE TERMINERA,
MAIS EST-CE QUE JE POURRAIS VENIR CHEZ TOI APRÈS ?
QUE ÇA SE PASSE BIEN OU MAL,
AU MOINS JE SAIS QUE TU M'ATTENDRAS.
...!
OUI !
INTENSE
ÇA NE ME POSE AUCUN PROBLÈME,
JE T'ATTENDRAI !

PARCE QUE TU ES LÀ.
MÊME S'IL ME BLESSE,
JE SAIS QUE TU SERAS LÀ.
NON ?
SI SI !
BIEN SÛR !
Je resterai toujours à tes côtés !
Hu Hu
D'ACCORD !

TU VEUX QU'ON LE FASSE DANS LES TOILETTES QUAND ON ARRIVE AU BUREAU ?
MAIS NON !!
ÇA NE ME FAIT PAS RIRE DU TOUT !
TU SAIS...
JE PENSE QUE JE VAIS ALLER VOIR MON PÈRE CE SOIR.
JUSQU'À MAINTENANT, DÈS QUE L'ENVIE ME PRENAIT, JE FAISAIS TOUT POUR NE PAS Y ALLER,
MAIS JE NE PEUX PAS M'ATTENDRE À CE QU'IL RÉPONDE À MES DEMANDES SI JE NE FAIS PAS UN PAS VERS LUI.
JE FUIS PARCE QUE J'AI PEUR QU'IL ME REPOUSSE.
SI JE CONTINUE COMME ÇA, JE NE POURRAIS JAMAIS AVANCER.
J'AI VRAIMENT PEUR, MAIS JE ME SENS CAPABLE DE L'AFFRONTER MAINTENANT.
POURQUOI ?...

ISSHIN !
BONJOUR.
TU ARRIVES TÔT AUJOURD'HUI.
SALUT !
OUI,
HIER QUAND TU ES PARTI, TU M'AS DIT QUE TU ARRIVAIS À LA BOÎTE À CETTE HEURE.
JE PENSAIS QUE C'ÉTAIT BEAUCOUP TROP TÔT,
MAIS ÇA FAIT DU BIEN QUAND IL N'Y A PAS BEAUCOUP DE MONDE !
....
HM ?
AH !
À QUOI TU PENSES ?
ESPÈCE DE PERVERS !

JE COMPRENDS...
MOI AUSSI,
JE SUIS HEUREUX DE T'AVOIR RENCONTRÉ.

JE PENSE QUE
C'EST JUSTEMENT PARCE QUE J'AI ÉTÉ ABANDONNÉ...
MAIS J'AI TOUJOURS VÉCU SANS AVOIR BEAUCOUP D'INTERACTIONS SOCIALES.
C'EST POURQUOI,
JE N'AURAIS JAMAIS CRU QU'UN JOUR
JE POURRAIS DEVENIR SI PROCHE DE QUELQU'UN.
GRÂCE À TOI,
J'AI APPRIS CE QU'ÉTAIT LE BONHEUR.
MERCI POUR ÇA.

LES PREMIERS ÉVÉNEMENTS DONT J'AI LE SOUVENIR SE PASSENT À L'ORPHELINAT.
JE NE CONNAIS MÊME PAS LE VISAGE DE MES PARENTS.
MAIS...
ENLACE
?!
MASUMI...
PARDON.
JE SUIS SI ÉGOÏSTE,
JE NE PARLE TOUJOURS QUE DE MOI...

Je l'aime et je ne peux pas m'en empêcher.
J'AI...
J'AI ÉTÉ ABANDONNÉ PAR MES PARENTS.

Je n'aurais jamais imaginé...
Qu'un jour on puisse être peau contre peau comme ça.
J'ai compris que certains sentiments
Ne pouvaient pas être contrôlés par la raison.
Ses expressions,
Sa voix,
Et tout de lui...

MASUMI...
ÇA... ÇA VA ?
TU N'AS PAS TROP MAL ?
HAA...
OUI,
ÇA VA...
C'EST DOULOUREUX,
MAIS...
JE NE SAVAIS PAS QUE LE SEXE
POUVAIT ÊTRE QUELQUE CHOSE DE SI SATISFAISANT...

JE VEUX RENTRER EN TOI, ET VITE...
...!
HAN...
HMPH...
SERRE

JE COM-PRENDS
MOI AUSSI...
MMH
NNGH...
Haa
ON DEVRAIT ALLER DANS LE LIT...

PAR CONTRE, TU ENTENDS ÇA ?
BOBOM
BOBOM
TON CŒUR BAT TELLEMENT FORT...
BOBOM
BOBOM
PARCE QUE...
JE SUIS NERVEUX...
C'EST JUSTE DE LA NERVOSITÉ ?
....
C'EST...
ROUGIT
C'EST AUSSI
PARCE QUE
TU M'EXCITES.

BOBOM
CARESSE
BOBOM
BOBOM
BOBOM
NGH...
CARESSE
POUIC
AH...
FRISSON
BOBOM
DÉ-DÉSOLÉ !
OUAH
AH !
ばっ
LACHE
DE QUOI ?
J'AIME BIEN...

« Touche-moi. »
BOBOM
BOBOM
BOBOM
GLUPS
BOBOM

# CHAPITRE 4

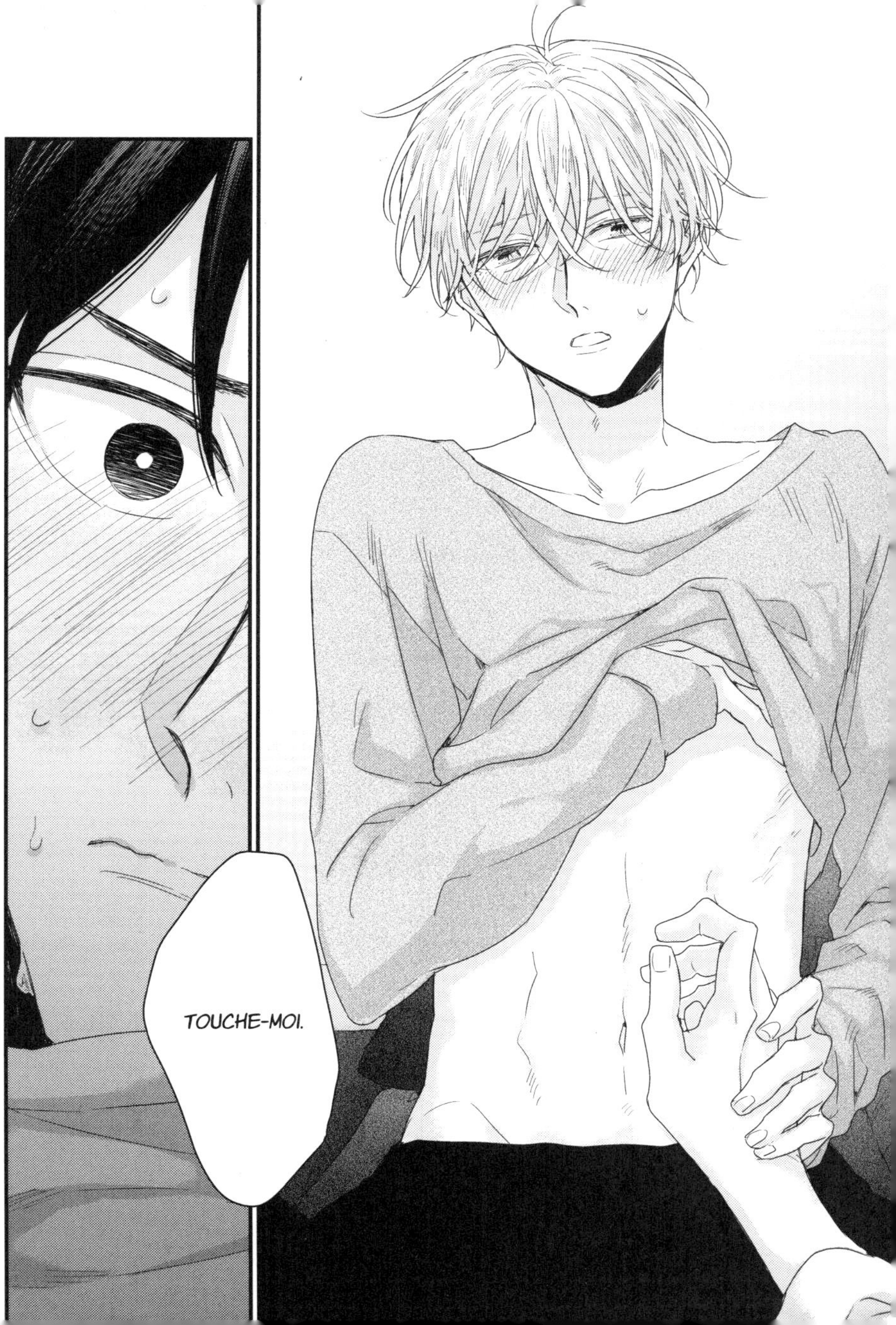
TOUCHE-MOI.

TU M'AIMES, NON ?
...!!
BAH...
EUH...
O...OUI, BIEN SÛR,
MAIS JE NE SAIS PAS COMMENT ON FAIT...
MOI SI.
C'EST LA PREMIÈRE FOIS...
QUE JE VEUX AUTANT PARTAGER ÇA AVEC QUELQU'UN,
QUE JE NE PEUX PAS M'EMPÊCHER DE VOULOIR ÊTRE TOUCHÉ.
ISSHIN...

SERRE
ATTENDS...
JE NE VEUX PAS ALLER PLUS LOIN...
Je ne vais plus savoir me contrôler.
JE VEUX LE FAIRE...
HOP
!?
YÛKI ?
NATSUME !

HAA
はっ
GLUPS
ばっ
FWOOSH
AH !
DÉ…
DÉSOLÉ !
J'AI AGI SANS RÉFLÉCHIR..
Mais,
POURQUOI TU T'EXCUSES ?
ÇA ME REND TELLEMENT HEUREUX…
J'EN VEUX ENCORE !

?
NA...
NATSUME...
...!
HMM
!
SLURP
NGH
SERRE
...!

TOUTE MA VIE, JE ME SUIS DIT...
QUE JE NE SERAIS JAMAIS AIMÉ...
QUE ÇA NE M'ARRIVERAIT JAMAIS.
JE SUIS SI HEUREUX...

TU...
TU ES CONSCIENT
QUE CE QUE TU ME DIS EST TRÈS SÉRIEUX ?
OUI.
ÇA TE GÊNE ?
C'EST JUSTE...
PERSONNE NE M'AVAIT JAMAIS DIT ÇA AUPARAVANT.
HM-HM

MOI NON PLUS, JE N'AI PAS DE FAMILLE.
JE N'AI MÊME PAS D'AMIS.
TU ES LA SEULE PERSONNE QUI EST PRÉSENTE POUR MOI,
ET LA SEULE POUR LAQUELLE JE VIS.

JE T'AIME.
SI C'EST CE QUE TU AS TOUJOURS PENSÉ, ALORS JE NE PEUX PAS CONTREDIRE TES SENTIMENTS.
JE SAIS QUE C'EST BIEN TROP FACILE DE T'AFFIRMER QUE TU AS TORT DE PENSER TOUT ÇA,
MAIS JE VEUX QUE TU SACHES QUE POUR MOI, CE N'EST PAS DE TA FAUTE.

Comment...
Personne n'a pu le remarquer ?
....
AAAH...
DÉSOLÉ, JE PLOMBE L'AMBIANCE !
J'EN AI TROP DIT.
ON DEVRAIT ALLER DORMIR...
Alors que tout son être
Hurle son besoin d'être aimé.
YÛKI.

AU DÉPART...
ILS N'AVAIENT PAS PRÉVU D'AVOIR UN DEUXIÈME ENFANT,
MAIS MA MÈRE VOULAIT UNE PETITE FILLE.
ELLE A INSISTÉ AUPRÈS DE MON PÈRE.
ET DONC...
SERRE
PEUT-ÊTRE QUE MA MÈRE NON PLUS NE M'AIMAIT PAS, PUISQUE J'ÉTAIS UN GARÇON.
MOI QUI SUIS NÉ SANS ÊTRE DÉSIRÉ,
J'AI SÛREMENT TORT DE PENSER QUE J'AI LE DROIT D'ÊTRE AIMÉ.

C'EST POUR ÇA QUE JE TEINS MES CHEVEUX EN BLOND.
AVOIR UN TEL COMPORTEMENT DE GAMIN À VINGT-QUATRE ANS,
IL N'Y A VRAIMENT PLUS RIEN À FAIRE POUR MOI.
JE ME DIS QUE SI JE CONTINUE
PEUT-ÊTRE QU'UN JOUR...
ENFIN, JE NE PEUX PAS M'EMPÊCHER D'ATTENDRE QUELQUE CHOSE EN RETOUR.

MON PÈRE PRIORISAIT SON TRAVAIL ET NE RENTRAIT JAMAIS À LA MAISON,
JE LE RESPECTAIS ET L'ADMIRAIS.
JE VOULAIS TRAVAILLER AUSSI BIEN QUE LUI.
MAIS...
IL NE S'INTÉRESSE PAS DU TOUT À MOI.
J'ai fait beaucoup de choses pour attirer son attention
Comme être le meilleur de ma classe ou au contraire, faire n'importe quoi.
J'ai même déjà fini au commissariat plusieurs fois,
Mais c'était toujours quelqu'un d'autre qui venait me chercher.

HU HU,
JE NE M'ATTENDAIS PAS À CE QUE TU PLEURES,
QUAND TU M'AS DÉFENDU L'AUTRE JOUR.
HMM...
OUBLIE QUE J'AI PLEURÉ...
MAIS POURQUOI ?
PARCE QUE ÇA DONNE L'IMPRESSION QUE JE SUIS FRAGILE...
C'ÉTAIT LA PREMIÈRE FOIS QUE J'ÉCLATAIS EN SANGLOTS COMME ÇA.
HU HU
JE VOIS
C'EST VRAI !
J'ÉTAIS VRAIMENT HEUREUX À CE MOMENT, TU SAIS...
C'EST BIEN LA PREMIÈRE FOIS QU'ON PLEURE POUR MOI.

C'EST PAREIL AVEC MON FRÈRE,
MAIS C'EST QUELQU'UN QUE JE RESPECTE BEAUCOUP.
HÉRITER DE L'ENTREPRISE LUI MET BEAUCOUP DE PRESSION,
JE PENSE QU'IL A DÛ PASSER PAR DES MOMENTS COMPLIQUÉS.
DONC C'EST NORMAL QU'IL RÉAGISSE COMME ÇA FACE À QUELQU'UN COMME MOI QUI FAIS CE QU'IL VEUT.
MAIS...
JE NE PENSE PAS QUE CE SOIT UNE RAISON VALABLE POUR TE DIRE DE TELLES CHOSES.

C'EST VRAI...
JE SUIS PEUT-ÊTRE DEVENU COMME ÇA
PARCE QUE JE N'AI PAS VRAIMENT REÇU D'AFFECTION DE MA FAMILLE.
Ta famille...
EST-CE QUE...
TU AS TOUJOURS EU DES RELATIONS DIFFICILES AVEC EUX ?
AH AH AH... TOUJOURS, OUI.
MA MÈRE EST DÉCÉDÉE QUAND J'AVAIS DEUX ANS ALORS JE N'EN AI AUCUN SOUVENIR.
JE CROIS QUE C'EST À PARTIR DE LÀ QUE J'AI COMMENCÉ À AVOIR DES PROBLÈMES AVEC MON PÈRE.

TU ES VRAIMENT DOUÉ POUR ME FAIRE CRAQUER.
SI ÇA TE REND HEUREUX, ALORS JE LE SUIS AUSSI.
TU ME RENDS HEUREUX, JE T'ASSURE..
FUIP
FRISSON
YÛKI...
TU ES DU GENRE COLLANT, NON ?
HEIN ?
OUI.
J'AI VRAIMENT L'IMPRESSION QUE JE PEUX ME LAISSER ALLER,
QUAND JE SUIS CONTRE QUELQU'UN D'AUTRE...
TE LAISSER ALLER... ?
BAH, TU NE TE COLLES QU'AUX GENS QUI ONT DE L'AFFECTION POUR TOI, NON ?

TANT MIEUX ALORS
BOBOM BOBOM BOBOM
C'EST PEUT-ÊTRE PAS POUR LE MIEUX...
HU HU
JE PENSAIS QUE TU ÉTAIS QUELQU'UN QUI N'EXPRIMAIT PAS BEAUCOUP SES SENTIMENTS,
MAIS CE N'EST PAS DU TOUT LE CAS !
MOI AUSSI...
JE PENSAIS QUE J'ÉTAIS UNE PERSONNE PLUS POSÉE ET CALME.
Ah bon ?
ALORS TU AS DÉCOUVERT UNE AUTRE FACETTE DE TOI !
TU SERAIS PEUT-ÊTRE UN PEU PLUS APPRÉCIÉ DES COLLÈGUES SI TU LA MONTRAIS PLUS SOUVENT, NON ?
PEUT-ÊTRE, OUI...
....
TU SAIS, NATSUME...
MAIS JE VEUX QUE TU SOIS LA SEULE PERSONNE À QUI JE LA MONTRE...

HU HU
HÉ ?
J-JE...
POUSSE
DÉSOLÉ, MERCI.
TU NE VEUX PAS ?
SECOUE
QUOI ? SI !
J-JE VEUX BIEN.
C'EST PAS DÉSAGRÉABLE !
SECOUE
POF
JE ME PERMETS !
?!!

CLAC
HM ?
MERCI DE M'AVOIR LAISSÉ PRENDRE UNE DOUCHE.
Et pour les vêtements aussi.
Hu hu
DE RIEN,
J'AI SORTI MES PLUS GRANDS VÊTEMENTS MAIS ILS SONT TOUJOURS TROP PETITS.
Ils sont super serrés
NATSUME !
PAT
PAT

JE N'AURAIS PAS CRU QUE ÇA ME RENDRAIT SI HEUREUX.
TREMBLE
Ouaaah !
BOBOM
BOBOM
BOBOM
BOBOM
BOBOM
J'AI BEAUCOUP TROP CHAUD, J'AI LA TÊTE QUI TOURNE...
DE L'EAU,
JE DOIS PRENDRE MON BAIN...
CONFUS
CONFUS

TCHAC
SLAM
OUF–
BATAM
AAAAH...
Il m'a attaqué par surprise...
NGH
C'ÉTAIT POUR RIRE QUAND JE LUI AI DIT QUE JE M'INQUIÉTAIS.
QU'EST-CE QUE JE DOIS FAIRE...

JE VAIS ES-SAYER,
PETIT À PETIT,
DE TE MONTRER UN PEU PLUS MES SENTIMENTS...

AÏE...
ÇA VA ?
DÉSOLÉ,
J'AI TRÉBUCHÉ...
MA JAMBE ÉTAIT ENGOURDIE
HA HA
C'EST PARCE QUE TU ES ASSIS EN TAILLEUR !
C'EST PAS GRAVE
FSH FSH
!
ROUGIT
TU AS QUAND MÊME RÉUSSI À ME REPOUSSER UNE NOUVELLE FOIS !
PAS DU TOUT !
OUAH
Oh
« Ça m'inquiète, Natsume ».
....
NAT-SUME..?

PAR CONTRE, JE N'AI JAMAIS DIT QU'ON ALLAIT FAIRE L'AMOUR CE SOIR.
C'EST TOI QUI PENSES QUE DORMIR CHEZ L'AUTRE VEUT DIRE « SEXE ».
HEIN ?
T'ES UN PETIT COQUIN, NATSUME.
....!!
ROUGIT
....!
JE VAIS PRENDRE MA DOUCHE...
AH ?!
POC
ZBLAN

Il faut que je sois préparé au maximum... !
AAAH...
TU VEUX PARLER DE ÇA...
PFFT
BWAH AH AH !
C'EST QUOI CETTE MANIÈRE D'ABORDER LE SUJET !
DÉSOLÉ, TU ME FAIS RIRE,
PFFT
AH AH AH, J'AI MAL AU VENTRE...
HA HA HA
EUH...
HAAA...
PFFT, T'ES VRAIMENT UN MEC MARRANT.
JE NE COMPRENDS PAS CE QUI LE FAIT RIRE.
AH, DÉSOLÉ. JE VAIS TE RÉPONDRE.
HU HU...
D'ACCORD.
SI C'EST CE QUE TU VEUX.

EST-CE QU'ON POURRAIT PLUTÔT PASSER AUX CHOSES SÉRIEUSES LA PROCHAINE FOIS, S'IL TE PLAÎT ?
C'est la première fois que je le fais...
Mais c'est aussi la première fois que Masumi tentera ça avec un autre homme.
Il faut d'abord que je cherche comment faire...

JE VAIS RESTER DORMIR... !
VRAIMENT ? SUPER !
Comme prévu...
M... MAIS...
JE...
HM ?
C'EST JUSTE QUE JE NE SAIS PAS TROP COMMENT M'Y PRENDRE...
HEIN ?
DE QUOI IL PARLE ?
EH BIEN...
JE VAIS ME RENSEIGNER SUR TOUT ÇA, ALORS...

TU NE VEUX PAS RESTER AVEC MOI ?
....?
MAIS SI, BIEN SÛR !
TU REFUSES À CHAQUE FOIS QUE JE TENTE QUELQUE CHOSE...
C'EST TOUJOURS MOI QUI DÉCIDE DE QUOI FAIRE...
C'EST MOI QUI T'AI EMBRASSÉ,
C'EST MOI QUI T'AI INVITÉ À SORTIR,
Hm
SI JE NE TE LE DEMANDE PAS, TU NE M'EMBRASSES PAS.
Oui
Euh,
ÇA M'INQUIÈTE, NATSUME...
....
Je...

OH, BAH...
JE PENSAIS QUE TU VOULAIS JUSTE QUE JE VOIE TON APPARTEMENT...
C'EST CE QU'IL M'A DIT...
QU'EST-CE QUE TU RACONTES ? TU CROIS QUE J'AURAIS INSISTÉ POUR QUE TU VIENNES CHEZ MOI,
ET QUE JE T'AURAIS LAISSÉ TOUT SEUL DANS LE SALON POUR ALLER PRENDRE UNE DOUCHE ?
JE ME SUIS DIT QUE TU AVAIS DÛ SUER...
RESTER DORMIR...
Rester chez lui...
Alors,
Ce qu'il voulait vraiment...
C'est...
ROUGIT
かぁ
....!
C'EST... C'EST PAS POSSIBLE, ON VIENT JUSTE D'AVOIR NOTRE PREMIER RENDEZ-VOUS...
JE NE PEUX PAS RESTER DORMIR.
NATSUME.

J'ÉTAIS UN PEU NERVEUX…
AH AH AH, BAH ALORS ?
TREMBLE
TREMBLE
HU HU
IL STRESSE…
TU DEVRAIS ALLER PRENDRE UNE DOUCHE, TOI AUSSI.
TROP MIGNON
HEIN ?
POURQUOI ?
TU VAS RESTER DORMIR, NON ?
ÇA RISQUE D'ÊTRE UN PEU TROP PETIT POUR TOI, MAIS J'AI DES VÊTEMENTS DE RECHANGE.
AH,
NE T'INQUIÈTE PAS POUR LES SOUS-VÊTEMENTS, ILS SONT NEUFS.
HEIN ?!
SURSAUT
QUOI ?

CLAC
DÉSOLÉ POUR L'ATTENTE !
SURSAUT
OH,
BONNE DOUCHE ?
AH AH AH
TU AS EU PEUR, HEIN ?
SINON...
POURQUOI TU ES SUR LE SOL ?
TU PEUX UTILISER LE CANAPÉ.
AU LIEU DE T'ASSEOIR LÀ.

OUAH...
BOBOM
BOBOM
JE SUIS SUPER STRESSÉ...
BOBOM
BOBOM
C'EST NORMAL JE SAIS,
MAIS SENTIR SON ODEUR ME REND ENCORE PLUS NERVEUX.
IL A DIT QU'IL ALLAIT PRENDRE SA DOUCHE, MAIS C'EST SÛREMENT PARCE QU'IL AIME SE SENTIR PROPRE.
JE NE PENSE PAS QU'IL SOIT MANIAQUE, MAIS BON.
ENFIN, ON A BEAUCOUP BOUGÉ,
ALORS IL A DÛ SUER...
SNIF
EST-CE QUE JE SENS BON, MOI ?

Lorsqu'il m'a demandé si je ne me sentais pas seul,
J'ai pensé que c'est ce qu'il devait ressentir, lui.
Il est toujours entouré de plein de monde,
Mais au fond, il est peut-être aussi seul que moi.
C'est ce que je me suis dit.

J'ai pu voir un sourire heureux se dessiner sur son visage timide,
Et c'est grâce à ça
Que je suis tombé amoureux de lui.
À partir de là, sans vraiment m'en rendre compte, je me suis mis à le suivre du regard.
J'ai remarqué que parfois, il souriait de façon triste,
Et ça n'a fait qu'attiser ma curiosité.

NON, T'INQUIÈTE,
ÇA VA !
JE PEUX M'EN OCCUPER.
MAIS TU DOIS TE SENTIR SEUL, NON ?
ÇA IRA PLUS VITE À DEUX.
Dès le lendemain,
Ils ont arrêté de me donner autant de travail.
Je ne sais pas pourquoi,
Mais même le chef de service est venu s'excuser personnellement.
Je me suis dit que Yûki avait dû leur dire quelque chose,
Alors je suis allé lui apporter des gâteaux en remerciement.
Mais en riant, il m'a répondu
« Je n'ai rien fait de spécial ! ».

J'AIME BIEN LES PERSONNES COMME TOI.
JE LES PRÉFÈRE À CEUX QUI SONT SOCIABLES MAIS INCAPABLES DE FAIRE LEUR TRAVAIL CORRECTEMENT.
MÊME SI TU N'ARRIVES PAS À TE RAPPROCHER D'EUX,
CE N'EST PAS UNE RAISON POUR TE FAIRE SUBIR ÇA.
C'EST VRAI...
QU'EST-CE QU'IL TE RESTE À FAIRE ?
LAISSE-MOI FAIRE LA MOITIÉ.
FLAP
HEIN ?

NATSUME, TU TE FAIS HARCELER ?
....
IL PARAÎT QU'ILS NE M'AIMENT PAS TROP.
JE SAIS QUE CE N'EST PAS BIEN...
MAIS JE NE SUIS PAS DU GENRE SOCIABLE.
ATTENDS, C'EST JUSTE À CAUSE DE ÇA ? PAS COOL !
C'EST LE CHEF DE SERVICE, JE SUPPOSE ? CE NE SERAIT PAS LA PREMIÈRE FOIS !
BINGO...
ÇA VA, NE T'INQUIÈTE PAS.
J'AI AUSSI MES TORTS,
C'EST MOI QUI SUIS DIFFÉRENT.
TU PEUX RENTRER, YÛKI, NE T'EN...
ATTENDS.

OH,
NATSUME ?
TU FAIS DES HEURES SUPPLÉMENTAIRES ?
OUI...
COURAGE !
J'AI OUBLIÉ MON TÉLÉPHONE PORTABLE, JE SUIS VENU LE CHERCHER !
JE NE T'AI RIEN DEMANDÉ...
ATTENDS, TU AS AUTANT DE TRAVAIL QUE ÇA ?
TU NE POURRAS JAMAIS TOUT TERMINER !
Tu récupères les dossiers de tout le monde !
C'EST BEAUCOUP TROP...
....

Des cheveux blonds inappropriés sur le lieu de travail,
Une attitude désinvolte...
Je n'aimais pas comment il compliquait les choses alors qu'il lui suffisait de faire son travail correctement.
Mais ce que je détestais le plus...
C'est le faux sourire qu'il fabriquait.
Mon nouveau voisin de bureau,
Était typiquement le genre de personne que je déteste.

*J'ai toujours vécu sans me soucier profondément des autres.*

CHAPITRE 3

FUIP
ALORS...
BOBOM
BOBOM
BOBOM
SERRE
BOBOM
BOBOM
BOBOM

AAH...
JE N'AI PAS ENVIE DE TE QUITTER...
POF
NAT-SUME...
O-OUI...
?
!
FUIP
TU AS ENCORE LE TEMPS, NON ?
ON PEUT MONTER DANS MA CHAMBRE...
...
...NON ?
SERRE
SHHHH

Ha...
ON...
ON NE PEUT PAS FAIRE ÇA DEHORS.
PARDON, PARDON.
C'EST QUE J'ADORE T'EMBRASSER,
ALORS JE NE RÉFLÉCHIS PAS TROP.
...!
ROUGIT
かあ
...!
JE...
AH AH AH !
T'ES TOUT ROUGE !

GRAB
...!!
NGH...
MMH...
SERRE
Haa...
MASUMI...
JE...
....

ZIEUTE
ZIEUTE
BISOU
BOBOM
BOBOM
BOBOM
BOBOM
BOBOM
....
BON...
FUIP

D...DE QUOI ?!
TU ME L'AS DIT, L'AUTRE JOUR !
TU AIMERAIS BIEN QUE L'ON S'EMBRASSE APRÈS M'AVOIR RACCOMPAGNÉ CHEZ MOI.
Même si on en est pas au troisième rendez-vous...
HEIN ?
OH,
TU T'EN RAPPELLES...
HÉ HÉ
J'AI UNE BONNE MÉMOIRE.
IL FAIT SOMBRE,
IL N'Y A PERSONNE DEHORS,
ÇA NOUS PERMETTRAIT DE FÊTER NOTRE PREMIER RENDEZ-VOUS, NON ?
J-JE VOIS...
MMH
GLUPS
....

J'AI PU VOIR DE BELLES CHOSES.
HÉ HÉ
?
VOILÀ,
J'HABITE LÀ.
MERCI BEAUCOUP POUR AUJOURD'HUI.
DE RIEN.
BON, MOI J'Y VAIS...
S'INCLINE
HEIN ?
STOP
ET MON BISOU ?

HM ?
C'EST UN ENDROIT QUE J'AIME BEAUCOUP DONC J'ÉTAIS CONTENT D'Y ALLER,
MAIS CE N'EST PAS TON CAS,
ALORS JE ME SENS COUPABLE DE T'Y AVOIR EMMENÉ.
NE T'EN FAIS PAS,
C'EST MOI QUI VOULAIS QU'ON AILLE LÀ OÙ TU AVAIS ENVIE.
CE N'EST PAS UNE EXCUSE...
HOO...
J'AIME BIEN ME DÉTENDRE À DES ENDROITS CALMES
ET EN APPRENDRE SUR DE NOUVELLES CHOSES.
ET PUIS...

TU NE T'ES PAS TROP ENNUYÉ ?

TANT PIS ALORS...
PFF
PFIOU...
C'EST TROP POUR MON COEUR...
DIS-MOI,
OÙ EST-CE QUE TU M'EMMÈNES ?
AH, OUI.
新幹線のりば
ALORS,
AU MUSÉE...
?

TU SAIS...
JE PRÉFÈRE TON SOURIRE NATUREL.
....
MERCI...
ALORS !
ON Y VA ?
JE NE COMPRENDS PAS TROP SES CRITÈRES...
C'est plutôt moi qui tombe sous le charme, là.
DÉTERMINÉ
AH.
OUI !
SERRE
ON Y VA, ISSHIN CHÉRI !
PFFT
A- ARRÊTE !
KOF KOF
DEPUIS QUAND TU M'APPELLES COMME ÇA ?
TU N'AIMES PAS ?
C'est pas mignon ?
T-TU NE PEUX PAS, C'EST TOUT.
Lâche-moi le bras aussi !

EUH...
IL Y A TRENTE MINUTES ?
TRENTE MINUTES ?!
AH AH AH !
TAP TAP
C'EST BEAUCOUP TROP EN AVANCE !
J'AI EU PEUR D'ÊTRE EN RETARD...
JE VOIS.
TU ES VRAIMENT TROP SÉRIEUX.
....
HM ?
TU ES TOUJOURS SI SOURIANT, MASUMI...

HMM...
JE CROIS QUE JE VAIS RESTER ICI LE REGA...
AH !
FLAP
FLAP
DOMMAGE...
S'INCLINE
BONJOUR !
On est en fin d'après-midi...
TU M'AS ATTENDU ?
DÉSOLÉ !
OH,
NON !
JE SUIS ARRIVÉ JUSTE AVANT TOI.
QUAND ÇA ?

OH,
IL EST LÀ.
15 minutes en avance
ET MOI QUI PENSAIS ARRIVER TROP VITE...
NERVEUX
NERVEUX
?
OUAH,
IL EST TROP MIGNON...

BAH QUOI ?
NE ME DIS PAS QUE J'ÉTAIS LE SEUL À PENSER ÇA !
...!!
DÉSOLÉ...
DÉPRIMÉ...
BON, D'ACCORD,
ON FERA UN VRAI RENCARD CE WEEK-END !
TU AS QUELQUE CHOSE DE PRÉVU ?
HM-HM
HM-HM
HM-HM
ON FAIT COMME ÇA ALORS !
EMMÈNE-MOI À UN ENDROIT QUE TU AIMES !

PAS LE CHOIX ALORS, IL FAUT QUE JE T'ENLÈVE ÇA !
SHLACK SHLACK
HEIN ?!!
QU'EST-CE QUE...
QU'EST-CE QUE TU FAIS ?! ON EST AU TRAVAIL !
MAIS, TU...
SOURIT
QUOI ?!
C'EST BON, JE M'OCCUPE DE ÇA.
DE TOUTE FAÇON, ON N'ÉTAIT PAS CENSÉS S'EMBRASSER ICI.
IL FAUT RÉFLÉCHIR AU BON ENDROIT ET AU BON MOMENT.
IL AVAIT POURTANT L'AIR D'AIMER ÇA...
ON N'A MÊME PAS ENCORE EU DE RENDEZ-VOUS...
HM ?
MAIS ON EST DÉJÀ SORTIS DÎNER ENSEMBLE, NON ?
AH,
ÇA ?
TU VOYAIS ÇA COMME UN RENDEZ-VOUS ?

AH AH AH !
QU'EST-CE QUE TU RACONTES ?!
TU... TU TE FICHES DE MOI LÀ ?
JE NE M'ATTEN-DAIS PAS À ÇA !
Tu te crois dans un shôjo ?
J'y croyais vraiment.
TAP
TAP
ぎゅ
SERRE
PARDON, PARDON !
HAA...
T'ES VRAIMENT TROP CRAQUANT.
OH ?
....
....?
!!!
AH !
CE...
CE N'EST PAS CE QUE TU CROIS !

OUI,
C'ÉTAIT...
C'ÉTAIT TRÈS BIEN.
SUPER, ALORS !
QU'EST-CE QU'IL Y A ?
....
NON, C'EST JUSTE QUE...
?
LES BAISERS...
N'ONT PAS LE GOÛT DE CITRON.
....
DE CITRON ?!

HM ?!
NGH...
HA...
FUU...
...!
HAA
ALORS ...?
C'ÉTAIT BIEN ?
CONFUS...
JE...

GLUPS
JE... JE...
SMACK
AT-TENDS...
OUAH !
BISOU
BISOU
AAH...
HMPH..
SMACK
NAT-SUME...
OUVRE LA BOUCHE.
....?
!!

SMACK
HA HA !
TU AS ARRÊTÉ DE PLEURER.
...OH

DIS-MOI,
COMMENT TU FAIS POUR ÊTRE TOUJOURS SI SOURIANT MALGRÉ ÇA ?
DISONS QUE JE SUIS HABITUÉ...
...!
QUOI ?!
COMMENT TU PEUX...
ÊTRE HABITUÉ À CE GENRE DE CHOSES HORRIBLES ?
ボロッ
BOUHOUHOU
NATSUME...
NE PLEURE PAS...
SOURIT
NATSUME ?

....
!!
POF
GLUPS
MA...
MASUMI ?
MERCI...
POUR TOUT À L'HEURE.
TU M'AS RENDU HEUREUX.

SNIF
SNIF
SNIF
MAIS ?!
HÉ…
ALORS ?
GRAB
VIENS PAR LÀ !
CLAC
OH, MON PAUVRE…
TU M'AS SURPRIS !
POURQUOI EST-CE QUE TU PLEURES ?
SNIF
SNIF
PARCE QUE…
J'AI TROUVÉ LA SI-TUATION
TELLEMENT FRUS-TRANTE…
IL NE SAIT RIEN DE LA PERSONNE QUE TU ES,
ET IL NE FAIT RIEN POUR APPRENDRE À TE CONNAÎTRE.

Silence…
C'EST TOUT CE QUE TU AVAIS À DIRE ?
QUELLE PLAIE…
ON Y VA.
……
NATSU…

IL NE SERT PAS À RIEN !
C'EST MÊME LOIN D'ÊTRE LE CAS !

MASUMI
AIDE TOUJOURS LES AUTRES DÈS QU'ILS ONT LE MOINDRE PROBLÈME.
TOUT LE MONDE L'ADORE,
ET CONTRAIREMENT À CE QUE VOUS DITES,
QU'EST-CE QUE
VOUS CONNAISSEZ DE LUI ?
POURQUOI
VOUS NE L'ACCEPTEZ PAS COMME IL EST ?
VOUS NE FAITES RIEN POUR LE COMPRENDRE,
ALORS QUE VOUS FAITES PARTIE DE SA FAMILLE !

MERCI DE NOUS AVOIR FAIT PERDRE DU TEMPS.
ON S'EN VA.
OUI.
ATTENDEZ.
CE QUE VOUS VENEZ DE DIRE,
« TU NE SERS À RIEN... »
COMMENT POUVEZ-VOUS SORTIR UNE CHOSE PAREILLE ?

ET LE PRÉSIDENT,
IL T'A DIT QUELQUE CHOSE ?
NON, POURQUOI ?
QU'EST-CE QUE TU VEUX QU'IL DISE ?
JE PENSE QU'IL SE FICHE DES PERSONNES QUI NE SERVENT À RIEN, COMME TOI.
JE VOIS...
VICE-PRÉSIDENT,
ON DOIT Y ALLER...
TRÈS BIEN.

PARDON,
JE N'AI PAS RÉFLÉCHI.
....
TOUJOURS AVEC TA COUPE DE CHEVEUX SI VULGAIRE.
ÇA ME FAIT VRAIMENT DOUTER DE TON IMPLICATION AU TRAVAIL...
AH BON ?
C'EST TRÈS POPULAIRE AUPRÈS DES FILLES, TU SAIS.
Haa...
TU ES INCORRIGIBLE...
LES DÉVIANTS RESTERONT TOUJOURS DES DÉVIANTS.
FAIS JUSTE ATTENTION DE NE PAS NOUS CAUSER DU TORT.
NE SALIS PAS LE NOM DE NOTRE FAMILLE.

GRAND FRÈRE !
T'ES LÀ, TOI ?
COMMENT ÇA VA ?
C'EST RARE DE TE CROISER ICI !
ON EST AU TRAVAIL...
FAIS ATTENTION À TON LANGAGE.

TU ES LIBRE, APRÈS ?
ON VA MANGER UN PETIT TRUC ?
SI TU VEUX.
....
J'AI VRAIMENT FAIM.
TU VEUX QUELQUE CHOSE EN PARTICULIER ?
HEIN, NATSUME ?
OH !
EUH...
NON, RIEN DE SPÉCIAL.
HEIN ?!
JE DOIS RÉFLÉCHIR POUR DEUX...

... QUOI ?
MAIS NON !
C'EST UNE BLAGUE, JE RIGOLE !
VOUS FAITES UNE DE CES TÊTES !
CE N'ÉTAIT PAS TRÈS DRÔLE !
AH AH AH
PARDON.
NAAATSUME...

TA RÉPUTATION ENTACHE LE NOM DE L'ENTREPRISE AUSSI, TU SAIS.
AGIS COMME UN ADULTE,
IL FAUDRAIT ARRÊTER DE FAIRE ÇA POUR EMBÊTER TES PARENTS.
JE SUIS CONSCIENT QUE ÇA DÉRANGE,
ET J'EN SUIS RAVI.

TU SAIS, JE COMPRENDS.
JE COMPRENDS TOUT À FAIT, YÛKI.
C'EST DUR QUAND LES AUTRES MEMBRES DE LA FAMILLE SONT PARFAITS...
OUI OUI
JE COMPRENDS, JE COM-PRENDS.
C'EST COMPLIQUÉ DE NE PAS SE SENTIR DÉCOURAGÉ.
JE SAIS QUE TON FRÈRE TE TRAITE TOUJOURS COMME SI TU FAISAIS MAL TON TRAVAIL,
MAIS SACHE QUE JE NE LE PENSE PAS. TON TRAVAIL IRRÉPROCHABLE NOUS AIDE BEAUCOUP..
C'EST VRAI QUE CERTAINS NE PRÊTENT PAS ATTENTION À TES CHEVEUX,
MAIS TU SAIS AUSSI BIEN QUE MOI QUE LES PERSONNES QUI EN PENSENT DU MAL SONT PLUS NOMBREUSES.
IL NE FAUDRAIT PAS QUE TON APPARENCE TE FASSE PERDRE EN CRÉDIBILITÉ.

TU N'ES PAS OBLIGÉ DE LES TEINDRE EN NOIR TOUT DE SUITE,
MAIS TU POURRAIS FAIRE UNE CONCESSION ET FAIRE DU CHÂTAIN FONCÉ PAR EXEMPLE... TRÈS FONCÉ.
ALORS ? TU PEUX Y RÉFLÉCHIR ?
AH AH AH ! DÉSOLÉ.
JE NE RIGOLE PAS !
TU ES TRÈS BON POUR COMMUNIQUER ET NÉGOCIER AVEC LES CLIENTS, DONC J'AIMERAIS QUE TON APPARENCE SOIT AUSSI SÉRIEUSE QUE TON TRAVAIL !
MAIS À CAUSE DE CETTE COIFFURE !
JE NE PEUX TE FAIRE FAIRE QUE DU TRAVAIL DE BUREAU !
CHOC
EST-CE QUE TU T'EN RENDS COMPTE ?
SI TU N'ÉTAIS PAS LE FILS DU PDG, TU SERAIS VIRÉ DEPUIS BIEN LONGTEMPS !
PUFF
PUFF
AH AH AH !
TU DEVRAIS PRENDRE EXEMPLE SUR TON PÈRE ET TON GRAND FRÈRE, LE VICE-PRÉSIDENT !
JE NE PEUX PAS TE DEMANDER D'ÊTRE PARFAIT SUR TOUS LES POINTS...
POF

HA HA !
TU ES TELLEMENT FACILE À CERNER !
DÉSOLÉ...
YÛKI !
OH, LE CHEF !
BONJOUR.
AHEM
OUI, BONJOUR.
VOUS VOULIEZ ME DEMANDER QUELQUE CHOSE ?
OH...
CE N'EST PAS LA PREMIÈRE FOIS QUE JE TE LE FAIS REMARQUER.
EST-CE QUE TU POURRAIS...
TE TEINDRE LES CHEVEUX DE FAÇON PLUS SOMBRE ?

DÉSOLÉ,
JE SORS AVEC QUELQU'UN ALORS JE NE POURRAIS PAS VENIR,
MAIS JE VAIS T'ORGANISER ÇA, D'ACCORD ?
ÇA ME VA !!!
ET DONC, T'AS UNE NOUVELLE COPINE ?!
Depuis quand ?
DEPUIS DEUX SEMAINES, À PEU PRÈS.
C'EST MARRANT QUE TU SOIS SI FIDÈLE. TU AS PLUTÔT L'AIR DE QUELQU'UN QUI AIME S'AMUSER.
ELLE EST MIGNONNE ?
ÉVIDEMMENT !
C'EST QUELQU'UN D'UN PEU TROP SÉRIEUX,
MAIS INNOCENT ET ADORABLE.
ARRÊTE DE TE VANTER...
C'EST TROP POUR MON COEUR
C'EST TOI QUI ME L'AS DEMANDÉ.
DÉSOLÉ EN TOUT CAS, JE NE SAVAIS PAS QUE TU ÉTAIS EN COUPLE.
DIS-LUI BONJOUR DE MA PART !
D'AC-CORD !

BONJO...
YÛKI !
GRAB
OUI, SHIMIZU ?
T'AS PAS UNE PETITE PLACE POUR MOI DANS TES SOIRÉES SPEED-DATING ?
PRÉSENTE-MOI UNE FILLE MIGNONNE...
Hein ?
TU N'AVAIS PAS DE COPINE, TOI ?
ON S'EST SÉPARÉS...
JE ME SENS TELLEMENT SEUL MAINTENANT, SI TU SAVAIS !
S'IL TE PLAÎT
ALLEZ,
SOIS SYMPA, YÛKI !
JE VOIS...
OH,
IL ME REGARDE.
HU HU
IL EST PLUTÔT JALOUX, COMME TYPE.
C'EST POSSIBLE ?

BONJOUR !
AH.
BONJOUR MASUMI,
TU ES EN RETARD, AUJOURD'HUI !
OUI, J'AI RATÉ MON RÉVEIL...
OH !
TU AS COUPÉ TES CHEVEUX, YOKOYAMA ?
OUAH
TU L'AS REMARQUÉ ?
PERSONNE NE L'AVAIT VU, JE SUIS TROP CONTENTE !
VRAIMENT ?
TU EN AS COUPÉ UNE BONNE LONGUEUR, POURTANT.
Oui, trois centi-mètres !
Personne ne remarquerait ça.
3 centi-mètres...
OH !
S'INCLINE
BONJOUR...

## CHAPITRE 2

HA HA
QUEL GAMIN...
HM ?
IL A OUBLIÉ ÇA.
AH...
IL EST ADORABLE.

HEIN ?
J'AI CHERCHÉ UN PEU SUR LE NET,
ET APPAREMMENT IL Y A DES POSITIONS DIFFÉRENTES POUR LES HOMMES AUSSI !
PERSONNELLEMENT J'AI PAS DE PRÉFÉRENCE... ENFIN, J'AIMERAIS BIEN LE RÔLE DE LA FEMME...
TU VOIS, CELUI EN-DESSOUS,
LE PASSIF,
JE SUIS PLUTÔT INTÉRESSÉ PAR ÇA.
TU TE MASTURBES DÉJÀ SUR MOI,
DONC T'AS DÛ IMAGINER COMMENT ÇA POUVAIT SE PASSER, NON ?
ÇA TE CONVIENT ?
DOOOOONG DOOOOONG
SURSAUT
Ah.
IL EST DÉJÀ TREIZE HEURES.
C'EST...
C'EST L'HEURE !!
ZWOOM
JE DOIS RETOURNER TRAVAILLER !
TAP
TAP
TAP
WOOSH
CLAC
....
PFFT !

TU ME FAIS CRAQUER !
....
!
TU AS COMPRIS MON POINT DE VUE ?
HM ?
PAS VRAIMENT, NON.
AU FAIT,
TU AS UNE PRÉFÉRENCE, TOI ?
?
UNE PRÉFÉRENCE... ?
SUR TA POSITION DURANT L'ACTE.

....
APRÈS LE TROISIÈME RENDEZ-VOUS,
QUAND JE TE RACCOMPAGNE CHEZ TOI...
ON DIRAIT UN COLLÉGIEN...
ÇA NE MARCHE PLUS COMME ÇA, TU SAIS...
MÊME LES ADOS DE MAINTENANT SERAIENT DÉJÀ ALLÉS PLUS LOIN.
M-MAIS...
TU N'AS PAS ENVIE DE CHÉRIR CE MOMENT ?
....
OH...

ZBLAN
NON !
JE T'AI DIT D'ARRÊTER !
POURQUOI TU REFUSES ?
ÇA FAIT DEUX SEMAINES QU'ON SORT ENSEMBLE MAIS ON N'A ENCORE RIEN FAIT !
FUIP FUIP
JE SUIS DU GENRE À ÊTRE COLLANT AVEC LA PERSONNE QUE J'AIME.
DIS, NATSUME...
TU M'ÉCOUTES ?
....
C'EST...
CE N'EST PAS QUE JE NE VEUX PAS.
MAIS
ON EST AU TRAVAIL ET C'EST ENCORE TROP TÔT POUR ÇA.
« TROP TÔT » ?
ALORS DIS-MOI, CE SERAIT QUAND, POUR TOI, LE TIMING IDÉAL ?
BAH...

AH...
FWIP
Hé ?
HMM ?
GLUPS

YÛ...
YÛ...
YÛKI !
Ha ha
TROP MIGNON !
T'ES TOUT ROUGE,
FUU
FRISSON
HAH...
Oh
TU ES SENSIBLE DE L'OREILLE ?
T'ES PLUTÔT SEXY, TU SAIS...
ROUGIT
OUAH
NON...
ARRÊTE ÇA !
Bah ?
QU'EST-CE QUI TE PREND ? ON EST AU TRAVAIL !
C'EST BON, IL N'Y A PERSONNE...
C'EST INDÉCENT !
RETOURNE
OK...

QU'EST-CE QUE TU FAIS ?
RIEN DE SPÉCIAL !
JE PRÉPARE LES DOCUMENTS DONT J'AURAI BESOIN POUR CET APRÈS-MIDI.
QUOI, DÉJÀ ?
IL TE RESTE ENCORE QUINZE MINUTES DE PAUSE.
MAIS C'EST NORMAL DE SE PRÉPARER DURANT SA PAUSE, NON ?
OUAH, QUEL HOMME SÉRIEUX !
TOI TU DEVRAIS L'ÊTRE UN PEU PLUS, YÛKI...
....
NAATSUME...
OUI...
FRISSON
!!?

FLAP
FWIP
DEVINE QUI C'EST !
HOP
ZLAM
BOBOM
...!
BOBOM
ÇA TE SURPREND AUTANT QUE ÇA ?!
QU' EST-CE...
QU'EST-CE QUI TE PREND ?

ACCEPTE QUE JE DEVIENNE TON COPAIN, ISSHIN !

AH... D'ACC-...
C'EST BON, ON PEUT ALLER RÉCUPÉRER NOS SACS MAINTENANT ?
OUPS !

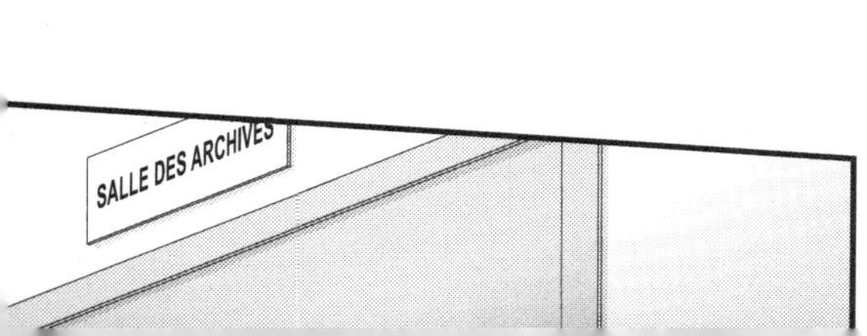
SALLE DES ARCHIVES

PAS BESOIN D'EN RAJOUTER, J'AI COMPRIS LE MESSAGE.
JE VEUX BIEN SORTIR AVEC TOI !
TOURNE
QUOI ?!!
OH, GÉNIAL !
C'EST LA PREMIÈRE FOIS QUE JE T'ENTENDS PARLER SI FORT DEPUIS TON ARRIVÉE !
P-POURQUOI ?
HEIN ?
HMM...
SI TU M'AIMES AUTANT, JE PEUX BIEN T'ACCORDER ÇA.
ET DE TOUTE FAÇON, TU M'INTÉRESSES AUSSI.
SERRE
C'EST POURQUOI...

PFFT
C'EST JUSTE QUE...
AH AH !
TU M'AIMES VRAIMENT BEAUCOUP, HEIN ?
TU TE FICHES UN PEU DE MOI, NON ?
MAIS NON, JE T'ASSURE !
JE SUIS CONTENT.
LAISSE TOMBER...
JE N'AI JAMAIS VOULU QUE TU SORTES AVEC MOI,
DE BASE, JE NE VOULAIS MÊME PAS T'EN PARLER.
JE PRÉFERERAIS
QUE TU FASSES COMME SI DE RIEN N'ÉTAIT DEMAIN.
ALLEZ...
C'EST PAS GRAVE...
ATTENDS, ATTENDS !
JE NE T'AI ENCORE RIEN DIT !

....
PFFT
AH AH, C'EST QUOI CETTE FAÇON DE LE DIRE !
AH AH AH !
ÇA VEUT DIRE QUE TU TE MASTURBES SUR MOI ?!
HÉ !
N-NE DIS PAS ÇA TOUT HAUT !
DÉ-SOLÉ !
PFFT
TROP DRÔLE !
D'ACCORD, JE COMPRENDS MIEUX.
DÉSOLÉ D'AVOIR PENSÉ QUE TU TE FAISAIS DES IDÉES.
CE N'EST RIEN...
VRAIMENT DÉSOLÉ...
ÇA DOIT ÊTRE DÉGOÛTANT POUR TOI.
HEIN ?
PAS DU TOUT !

PARCE QUE...
HEIN
PARCE QUE... ?
NON...
JE NE PEUX PAS...
C'EST TROP...
TIRE
ALORS, C'EST QUOI "PARCE QUE" ?
DIS-MOI ! ÇA M'INTÉRESSE.
....
PARCE QUE
LE SOIR,
JE...
IL M'ARRIVE...
DE PENSER
À TOI.

DÈS QUE JE M'EN SUIS APERÇU...
ÇA M'A FAIT MAL AU CŒUR.
J'AI...
J'AI COMMENCÉ À PENSER...
QUE...
JE VOULAIS TE SERRER DANS MES BRAS.
JE TE TROUVE MIGNON,
PARCE QUE TOUS LES JOURS, TU COMMANDES UN FLAN À LA CAFÉTÉRIA,
ET TU ES QUELQU'UN QUI REMARQUE LES PETITS CHANGEMENTS CHEZ LES AUTRES !
E...ET PUIS !
ALORS JE NE VOIS PAS POURQUOI J'AURAIS MAL INTERPRÉTÉ MES SENTIMENTS !

SÉRIEUSEMENT ? MOI JE T'AIME PLUTÔT BIEN !
AH BON ?!
PARDON, CONTINUE !
CE QUI A ÉTÉ LE DÉCLENCHEUR...
C'EST BIEN SÛR QUAND TU M'AS APPORTÉ TON AIDE.
JE PENSAIS QUE TU ÉTAIS LE GENRE DE PERSONNE
À PROFITER DE TON STATUT AU SEIN DE L'ENTREPRISE,
QUI TE PERMETTAIT DE VIVRE CHAQUE JOUR SANS AUCUN SOUCI.
T'ES SUPER MÉCHANT !
FWIP
MAIS...
J'AI...
J'AI REMARQUÉ QUE CE N'ÉTAIT PAS LE CAS !
TU SEMBLES ÊTRE QUELQU'UN DE PLUTÔT POSITIF,
MAIS, COMMENT DIRE...
EN MÊME TEMPS, TU AS TOUJOURS L'AIR SI SEUL...

MAIS S'IL TE PLAÎT,
NE FAIS PLUS CE GENRE DE CHOSES !
C'EST JUSTE QUE...
JE N'AI PAS L'IMPRESSION D'AVOIR FAIT QUELQUE CHOSE DE SPÉCIAL, POURTANT.
IL DOIT Y AVOIR D'AUTRES PERSONNES GENTILLES AVEC TOI...
ENFIN, SI TU ME TROUVES IRRÉSISTIBLE, JE NE PEUX RIEN Y FAIRE.
Ah.
PAS VRAIMENT, EN FAIT.
DÉJÀ QUE TU ES LE FILS DU PATRON, JE NE SUIS PAS TRÈS FAN DE TES CHEVEUX BLONDS...
D'A..CCORD...
POUR TOUT TE DIRE,
AU DÉBUT, JE NE T'AIMAIS PAS.
TU ES TROP DÉCONTRACTÉ,
TU N'ES PAS LE GENRE DE PERSONNE AVEC QUI JE M'ENTENDS D'HABITUDE.

JE SAIS BIEN QUE TU PRÉFÈRES LES FEMMES,
MAIS...
TU AURAIS PU SIMPLEMENT ME DIRE QUE TU N'ÉTAIS PAS INTÉRESSÉ,
PLUTÔT QUE DE MONTER UN PLAN POUR ESSAYER DE ME LE FAIRE COMPRENDRE...
CLIGNE
....
!
OH !
SURPRISE!
JE VOIS !
?
C'EST VRAI QU'ON PEUT L'INTERPRÉTER COMME ÇA...
DÉSOLÉ.
EN FAIT,
COMME TU M'AS AVOUÉ N'AVOIR QUE TRÈS PEU D'EXPÉRIENCES AMOUREUSES,
JE ME SUIS DIT QUE TU AVAIS PEUT-ÊTRE MAL INTERPRÉTÉ MES INTENTIONS, LES FOIS OÙ JE T'AI AIDÉ.
C'EST QUELQUE CHOSE QUE TU N'AURAIS PAS REMARQUÉ MÊME SI JE T'EN AVAIS PARLÉ,
DONC J'AI PENSÉ QU'ÊTRE AVEC UNE FEMME TE LE FERAIT COMPRENDRE PAR TOI-MÊME.
JE VOIS...

JE N'AI PAS AIMÉ
TE VOIR...
FLIRTER AVEC QUELQU'UN D'AUTRE.
PFFT
!
« FLIRTER », HA HA !
ELLE NE ME DRAGUE PAS VRAIMENT.
C'EST SON TRAVAIL, TU SAIS ?
...
ROUGIT
POUR...
POURQUOI TU FAIS ÇA?
HM ?

C'EST MARRANT, IL VIENT D'AGIR DE MANIÈRE SI FERME,
MAIS IL ROUGIT DÈS QUE JE L'EFFLEURE.
DÉSOLÉ, NATSUME.
JE NE SAVAIS PAS QUE LE BAR TE DÉRANGERAIT AUTANT.
QUOI ?
N...NON...
CE N'EST PAS LE BAR QUI ME POSE PROBLÈME.
Même si je n'y suis pas habitué
ALORS QU'EST-CE QUI SE PASSE ?
....
HM ?
C'EST QUE...
OUI ?

NATSUME !!
NAAAT-SUME !
GRAB
...!!
ROUGIT
AH...
Oh
DÉ...DÉSOLÉ...
JE T'AI FAIT SORTIR DE FORCE.
NON,
CE N'EST RIEN...

NATSUME ?
QU'EST-CE QUE...
ON S'EN VA.
QUOI ?
GRAB
TIRE
OUAH !
NAT-SUME,
A-ATTENDS !
Nos sacs, nos sacs !
NATSUME,
HÉ ! ATTENDS...
....

....
GLOP
FWIP
?
EUH...
VEUILLEZ M'EXCUSER...
HEIN ?

MERCI DE M'AVOIR CHOISIE !
JE SUIS TROP CONTENTE DE POUVOIR TE VOIR AUJOURD'HUI
VRAIMENT ?
DÉSOLÉ, ÇA FAIT LONGTEMPS QUE JE NE SUIS PAS VENU.
C'EST QUI, LUI ?
MON SUBORDONNÉ,
IL N'EST PAS TRÈS DOUÉ AVEC LES FILLES ALORS OCCUPE-TOI BIEN DE LUI.
NON, JE...
BOING
....!!
ENCHANTÉE,
JE M'APPELLE KAORI !
CONFUS
YÛ...
YÛKI...

YÛKI…
C'EST QUOI CET ENDROIT ?
HM ?
C'EST UN BAR À HÔTESSES !
H-HÔ-TESSES ?!
LES JEUNES FEMMES SONT BIEN MIEUX QUE LES HOMMES,
ELLES SONT PLUS DOUCES ET SENTENT BON !
MAIS…
NE T'EN FAIS PAS !
ICI, IL N'Y A QUE DES FEMMES OUVERTES À LA DISCUSSION !
TU VAS T'Y HABITUER TRÈS VITE.
S'IL S'AMUSE BIEN,
IL SE RENDRA SÛREMENT COMPTE QU'IL S'EST TROMPÉ.
JE SUIS VRAIMENT QUELQU'UN DE BIEN…
MASUMIIII !

JE SAIS !
TU ES DISPO CE SOIR ?
QUOI ?
OH... OUI.
TANT MIEUX ALORS, PARCE QUE J'AI UNE IDÉE !
...?
JE VAIS T'EMMENER À UN SUPER ENDROIT !

MALGRÉ ÇA, JE NE PEUX PAS AFFIRMER ÊTRE GAY...
HMM...
D'ACCORD...
QU'EST-CE QUE TU AIMES CHEZ MOI ?
GLOUPS
HEIN ?
EUH...
BAH...
JE TE TROUVE PLUTÔT...
GENTIL.
Ce genre de choses.
JE VOIS...
C'EST VRAI QUE JE L'AI AIDÉ QUELQUES FOIS
QUAND IL CROULAIT SOUS LE TRAVAIL, MAIS BON.
IL ME DIT QU'IL N'A AUCUNE EXPÉRIENCE AMOUREUSE,
DONC IL A SÛREMENT DÛ SE FAIRE DES IDÉES...
Le pauvre.
?

Difficile de croire qu'un type comme lui puisse avoir ce genre de réaction...
Ça n'a rien à voir avec ce qu'il montre d'habitude !
C'est trop mignon...
MAIS QUAND MÊME...
JUSQU'À PRÉSENT, JE SUIS TOUJOURS SORTI AVEC LES PERSONNES QUI M'AVAIENT AVOUÉ LEURS SENTIMENTS,
MAIS CE SERAIT LA PREMIÈRE FOIS QUE JE TENTE AVEC UN HOMME !
Qu'est-ce que je peux faire ?
EUH...
HM ?
DÉSOLÉ.
JE SUPPOSE QUE ÇA DOIT ÊTRE EMBARRASSANT POUR TOI...
BAH, PAS VRAIMENT...
JE SUIS JUSTE SURPRIS QUE TU SOIS GAY.
JE NE L'AVAIS PAS REMARQUÉ.
JE... JE NE PENSE PAS L'ÊTRE.
JE NE SUIS PAS TRÈS DOUÉ POUR PARLER AVEC LES FILLES,
ET JE N'AI JAMAIS EU DE PETITE AMIE.

BAM
FWOOSH
ZIEUTE
FIXE
FIXE
EUH,
....
J-JE...
BOBOM
BOBOM
CETTE RÉACTION...
DIS-MOI, ISSHIN...
TU NE SERAIS PAS AMOUREUX DE MOI PAR HASARD ?
...!!
J'AI VISÉ JUSTE...

Où ça ?
FAIS-MOI VOIR !
FWISH
QUOI ?
AVANCE
ÇA VA, JE T'ASSURE !
PAS BESOIN D'ÊTRE SI TIMIDE !
RECULE
ALORS...
SWIP
ROUGIT
EH BAH...

AH,
MERCI BEAUCOUP...
MAIS DE RIEN !
....
Isshin Natsume,
Mon subordonné, deux ans plus jeune que moi.
Déjà deux mois qu'il est ici, mais je ne l'ai encore jamais vu sourire.
IL EST PLUTÔT POPULAIRE AUPRÈS DES FILLES, QUI LE TROUVENT BEAU,
MAIS IL N'EST PAS TRÈS ENGAGEANT ET N'A PAS ENCORE TROUVÉ SA PLACE.
IL EST SÉRIEUX, NE FAYOTE JAMAIS...
JE L'AIME BIEN, MOI.
ÇA VA ?
TU T'ES FAIT MAL AU FRONT ?
HEIN ?
AH ! OUI...

BLAM
AÏE !
FRSH...
SALLE DES ARCHIVES
ÇA VIENT DES ARCHIVES... ?
CLAC
TOUT VA BIEN ?
J'AI ENTENDU QUELQUE CHOSE TOMBER PAR ICI...
OH,
C'EST TOI, NATSUME !
YÛKI...
OUH LÀ !
T'AS VRAIMENT TOUT FAIT TOMBER.
POF
J'AI GLISSÉ SANS FAIRE EXPRÈS...

Au plus profond de toi

CHAPITRE 1